AF279864

Edition Paashaas Verlag

EPV

Die im Buch veröffentlichten Ratschläge wurden von der Verfasserin sorgfältig erarbeitet und geprüft. Eine Garantie kann dennoch nicht übernommen werden; ebenso ist eine Haftung der Verfasserin bzw. des Verlages und seiner Beauftragten für Personen-, Sach- und Vermögensschäden ausgeschlossen. Namen und Begebenheiten in den Geschichten sind frei erfunden. Ähnlichkeiten mit lebenden Personen und tatsächlichen Begebenheiten sind nicht beabsichtigt, sondern rein zufällig.

Krimiparty
Sonderausgabe 2

Workshop
mit Todesfolge

Ein Kriminalfall aus dem Allgäu

Autor: Cornelia H.-Müller

Originalausgabe Januar 2013
Cover-Motiv: M. Großmann /pixelio.de
Cover designed by Manuela Klumpjan
www.verlag-epv.de
ISBN: 978-3-942614-39-9
Printed: BoD, Norderstedt

Die Deutsche Nationalbibliothek verzeichnet diese Publikationen in der Deutschen Nationalbibliografie; detaillierte bibliografische Daten sind im Internet über http://dnb.d-nb.de abrufbar.

Inhaltsverzeichnis

Einleitung   Seite 6

So funktioniert ein Mitspielkrimi!   Seite 7

Der Spielablauf   Seite 8

Häufig gestellte Fragen und Antworten   Seite 11

Die Einladung   Seite 13

Kurztext zum Auslegen auf dem Tisch   Seite 14

Die Grundgeschichte zum Vorlesen   Seite 16

Zwischeninfo für Dr. Florian Hahnleiter   Seite 28

Die einzelnen Rollentexte   Seite 29

Auflösung   Seite 61

Schlusswort   Seite 66

Autorenportrait   Seite 69

Die Rollenverteilung

Diese Krimiparty ist für 7-10 Personen ausgelegt:

Bei 7 Personen: Vergeben Sie die Rollenbeschreibung von Sarah und Vanessa an eine Person.
Bei 8 Personen: Svenja und Beobachter spielen nicht mit
Bei 9 Personen: mit Svenja
Bei 10 Personen: mit Svenja und Beobachter

Einleitung

Mithilfe dieses Buches können Sie zu Hause gemeinsam mit Ihren Familienmitgliedern und Gästen auf Tätersuche gehen. Sie tauchen ein in einen spannenden Mordfall, ermitteln, befragen und bewerten Tatsachen und Aussagen.

Dabei werden von niemandem schauspielerische Fähigkeiten verlangt. Sie sitzen mit Ihren Mitspielern in gemütlicher Runde beisammen und versuchen gemeinsam, dem Täter auf die Spur zu kommen!

Zu diesem Krimi gibt es eine Geschichte des Verbrechens, die in der Runde vorgelesen wird und darüber informiert, was passiert ist, sowie Rollenbeschreibungen für alle Mitspieler und eine schlüssige Auflösung.

Der Krimi ist so angelegt, dass in einem Raum ermittelt wird. Ob Sie also im Wohnzimmer oder im Freien während eines Grillfestes versuchen, mit Ihren Gästen den Fall zu lösen, spielt keine Rolle.

Das Buch ist mit dem Internet gekoppelt.
Das benötigte Zubehör können Sie ganz einfach herunterladen und ausdrucken. Einladungen, Namensschilder, Kurztexte und Rollentexte finden Sie auf:

http://www.verlag-epv.de im Bereich **Krimiparty.**
Ihre Zugangsdaten lauten:
Benutzername: krimiparty
Passwort: hmueller11

So funktioniert ein Mitspielkrimi!
Erklärungen zur Durchführung

Lesen Sie die Grundgeschichte und die dazu gehörenden Rollen bitte gründlich durch. Überlegen Sie, welcher Mitspieler welche Rolle übernehmen soll. Es ist kein Problem, wenn einmal eine Dame eine Herrenrolle übernimmt oder umgekehrt. Wenn Sie allerdings auch mit ermitteln wollen, ohne zu wissen, wer der Täter ist, vergeben Sie die Rollen blind und lesen Sie keinesfalls die Auflösung durch. Auf diese Weise werden auch Sie als Gastgeber zum "echten" Ermittler.

Haben Sie einen Internet-Anschluss? Dann können Sie unter **www.verlag-epv.de** die einzelnen Rollen für Ihre Gäste herunterladen und ausdrucken. Sollten Sie diese Möglichkeit nicht haben, kopieren Sie sie aus dem Buch.

Die Rollentexte werden erst am Abend selbst an die Mitspieler vergeben. Versenden Sie sie bitte nicht mit der Einladung.

Bereiten Sie Namensschilder mit den Rollennamen für Ihre Gäste vor, diese werden am Spielabend mit einem Klebestreifen oder Klämmerchen für alle sichtbar angeheftet. Auch diese sind im Internet zum Download hinterlegt.

Drucken Sie die Kurzbeschreibung für Ihre Gäste aus; sie erleichtert den Einstieg und hilft, sich die neuen Spiel-Namen zu merken. Wenn möglich, drucken oder fotokopieren Sie für jeden Gast eine Kurzbeschreibung.

Der Spielablauf

Ihre Gäste werden sicher schon sehr gespannt sein, was sie erwartet. Damit Ihr Krimiabend zum Erfolg wird, noch folgende Tipps:

Schaffen Sie eine gemütliche Atmosphäre und vermeiden Sie zu helles Licht. Stellen Sie Kerzen oder kleine Lichter auf; dies schafft den richtigen Rahmen. Legen Sie bitte für jeden Gast Papier und Stift bereit. Notizen zur Geschichte und zu den einzelnen Aussagen der Mitspieler sind wichtige Stützen bei der Ermittlungsarbeit. Halten Sie bitte auch für jeden Gast die ausgedruckte Kurzbeschreibung des Falles bereit.

Haben Sie ein Abendessen für Ihre Gäste vorgesehen?

Dann dekorieren Sie die Kurzbeschreibungen mit auf der Tafel. Sie werden feststellen, dass es bereits beim Lesen dieser Information rege Gespräche und Verdächtigungen gibt. Wenn sich die Gäste untereinander noch nicht kennen, dient die Kurzbeschreibung ganz wunderbar als Eisbrecher.

Wenn Sie ein Menü mit mehreren Gängen servieren, gehen Sie wie folgt vor:

Verteilen Sie vor der Vorspeise die Namensschilder. Jeder Gast weiß nun, wen er heute Abend charakterlich vertritt.

Lesen Sie nach der Vorspeise den ersten Teil der Geschichte vor. Es ist in allen Geschichten vermerkt, an welcher Stelle die Lesung unterbrochen werden kann, um den Hauptgang zu genießen. Auf diese Weise wird Ihr Abend zu einem richtigen Krimidinner.

Nach dem Hauptgang lesen Sie den Rest der Geschichte vor.

Erst danach erhält jeder Gast seine persönliche Rolle, die aus Vorstellungstext und Geheimtext besteht. Diese Texte werden nun von den Mitspielern gründlich und vor allem diskret studiert. Wenn alle Gäste soweit sind und ihre Rolle gelesen haben, beginnt die Vorstellungsrunde. Alle Mitspieler lesen reihum ihren Vorstellungstext vor.

Der geheime Text enthält weitere Informationen und ergänzt die Geschichte; er wird nicht vorgelesen, sondern bietet Hintergrundideen, die jede einzelne Person zum Ermitteln benötigt und dann nach eigenem Geschick in die Ermittlungen einbringen kann. Der Mörder erfährt in seinem Geheimtext auch, dass er der Täter ist.

Nach der Vorstellungsrunde beginnen die Ermittlungen; durch Vorstellungs- und Geheimtext ergeben sich viele Fragen, die nun gestellt und beantwortet werden.

Lügen, darauf sollten Sie Ihre Gäste noch einmal hinweisen, darf wirklich nur der Täter. Alle anderen müssen sich nahe an der Wahrheit orientieren.

Wenn die Ermittlungen abgeschlossen sind, verteilen Sie Zettel, wo jeder seinen Namen und seinen Täterverdacht aufschreiben kann. Sammeln Sie die Zettel ein. Danach servieren Sie, wenn es vorgesehen ist, das Dessert.

Zum Abschluss lesen Sie als Gastgeber die Auflösung des Falles vor. Erst jetzt darf sich der Täter zu erkennen geben!

Geben Sie bekannt, wie viele anhand der eingesammelten Zettel den richtigen Täter ermittelt haben – eventuell machen Sie daraus sogar ein kleines Gewinnspiel, indem Sie etwas verlosen. Das sorgt zusätzlich noch einmal für eine Menge Freude.

Wenn Sie kein Abendessen, sondern nur einen kleinen Snack planen, gehen Sie wie folgt vor:

- Begrüßung der Gäste und Verteilung der Namensschilder und der Kurzbeschreibung

- Verteilung von Papier und Bleistift für Notizen

- Vorlesen der Grundgeschichte

- Verteilen der Rollentexte

- diskretes Studieren der Rollentexte

- Vorstellungsrunde

- Ermittlungen

- Täterverdacht aufschreiben lassen

- Verlesen der Auflösung

- Bekanntgabe, wer richtig geraten hat - und wenn es vorgesehen ist, Ziehung des Gewinners

Häufig gestellten Fragen zur Durchführung:

Frage: Weiß der Mörder, dass er der Täter ist?
Antwort: Ja, dies steht ausdrücklich im Geheimtext seiner Rolle.

Frage: Dürfen die Gäste schummeln und flunkern?
Antwort: Nur der Mörder darf dies tun. Die anderen sollten sich nahe an der Wahrheit orientieren.

Frage. Ich habe mehr Gäste als Rollen. Was nun?
Antwort: Wir haben in der Geschichte sogenannte Gastrollen vorgesehen. Wenn es heißt: 7-10 Mitspieler, gibt es 7 größere Rollen und 3 kleinere Gastrollen. Die größeren Rollen müssen, die Gastrollen können besetzt werden.

Sollten Sie die doppelte Anzahl Gäste haben, können Sie an 2 Tischen gleichzeitig spielen. Bereiten Sie Rollen und Zubehör zweimal vor, lesen Sie die Geschichte zentral vor und ermitteln Sie danach an 2 Tischen. Sie werden sehen, dass auch dies reibungslos funktioniert. Vermutlich werden die Tische zu ganz unterschiedlichen Ergebnissen kommen; es kommt immer ganz darauf an, wie sich die einzelnen Mitspieler verhalten.

Frage: Müssen alle Gäste ungefähr gleich alt sein?
Antwort: Nein. Wir haben in unseren Testrunden mit Personen jeden Alters in gemischten Gruppen gespielt. Unsere Mitspieler waren von 16 bis 80 Jahre alt, und

allen hat es großen Spaß bereitet!

Frage: Muss alles aus dem Vorstellungstext auch vorgetragen werden?

Antwort: Ja, der Text der Vorstellungsrunde ist so angelegt, dass er wichtige Informationen gibt, ohne die die Ermittlungen rasch langweilig werden.

Frage: Meine Frage war hier nicht aufgeführt; ich benötige Hilfe.

Antwort: Wenden Sie sich bitte an glashauskrimi@glashauskrimi.de und schreiben Sie der Autorin eine Mail. Sie wird Ihnen alle anstehenden Fragen zum Gelingen Ihrer privaten Krimiparty gerne beantworten.

Die Einladung

Wenn Sie Ihre Gäste schriftlich einladen wollen, können Sie z. B. diesen Text als Vorlage nutzen. Im Internet finden Sie eine vorbereitete Einladung, die Sie ausdrucken können.

Einladung zur Krimiparty
Tatort: _____

Die Ermittlungen beginnen am _____

um _____ Uhr.

Für das leibliche Wohl ist ebenso gesorgt, wie für spannende Unterhaltung, denn es gibt tatsächlich einen Mord aufzuklären. Klar, dass wir dabei deine/eure Unterstützung benötigen.

Falls ihr eine Lesebrille tragt, vergesst sie bitte nicht, denn ihr erhaltet selbstverständlich Akteneinsicht.

Ich würde mich sehr freuen, wenn du/ ihr komm(s)t.
Herzliche Grüße

Antwort bitte per Tel. _____

Kurzbeschreibung zum Auslegen auf dem Tisch:

„Workshop mit Todesfolge"
Ein Fall aus dem Allgäu!

Toni Burger führt gemeinsam mit seiner Frau Zenzia einen einsam gelegenen Sennerhof inmitten des wunderschönen Allgäus. An einem Wochenende trifft sich dort oben auf 1800 m eine recht gemischte Reisegruppe, um mit einem Fasten- und Meditationsprogramm dem Alltag, zumindest für kurze Zeit, zu entfliehen.

Ganz so friedlich wie die Wollschweine, die der Toni züchtet, ist die Gegend allerdings nicht, denn schon am zweiten Tag gibt es einen Toten zu beklagen.

Warum dieser sterben musste, was ein Wollschwein-Workshop unter Männern damit zu tun hat und warum ein Sylter Strandkorb auf einem Sennerhof im Allgäu steht… dies herauszufinden, wird heute Abend Ihre Aufgabe sein.

Es spielen mit:

Toni Burger, Besitzer des Sennerhofes,
ganz oben, auf der Alm... (40 Jahre)
Zenzia, seine Frau. (38 Jahre)
Dr. Jonathan Pichler, Bankdirektor (50 Jahre)
Vanessa Pichler, seine Frau - Heilpraktikerin (49 Jahre)
Dr. Florian Hahnleiter – Pathologe (35 Jahre)
Anna Hahnleiter – seine Frau
– Krankenschwester (29 Jahre)
Sarah Granrat – Meditationstrainerin und
Inhaberin einer Event-Reiseagentur (25 Jahre)
Yoko Aljeschi- Künstler aus Berlin (35 Jahre)

Svenja- Altbäuerin des Sennerhofes (Alter geheim)
sowie unabhängige Beobachter

Und hier noch ein Wort zu den Spielregeln:

Alle Mitspieler sollten sich nah an der Wahrheit orientieren; schwindeln darf nur der Mörder.
Ach ja, der sitzt auch an Ihrem Tisch!

Er muss allerdings vorsichtig sein, denn wird er beim
Schwindeln erwischt, glaubt man ihm gar nichts mehr!

Viel Vergnügen und einen Mordsspaß!

15

Die Grundgeschichte zum Vorlesen

Das ist passiert:
Der Almhof von Toni und Zenzia Burger lag an diesem Septembertag ruhig in der Mittagssonne. Hier oben, auf 1800 m , war die Luft rein und die Welt friedlich... Die alte Svenja schlurfte zahnlos in gebückter Haltung über den Weg zum Hühnerstall hinüber, als ein schwarzer, von unzähligen Mäusen gemästeter Kater, quer über ihren Weg lief. Sofort bückte sich die alte Magd und warf 3 Steine über die Katzenspur. Um ganz sicher zu gehen, spukte sie zusätzlich noch auf einen weiteren. Erleichtert und vor sich hin brabbelnd schlurfte sie weiter. Das Unglück für den Tag schien abgewendet.

Toni Burger stand derweil ein paar Meter weiter am Gatter zur Nordweide. Er hatte die kleine Szene beobachtet und lächelte still vor sich hin. Er war nicht abergläubisch; er glaubte nur an das, was er sah... Und so nahmen die Dinge auf der Alm ihren Lauf.

Zenzia bereitete in der großen Wohnküche den Kräutertee für die Urlauber zu. Seit gestern hatten sie wieder Wochenendgäste auf dem Hof.
„Fasten, Wandern und Meditation in reiner Bergluft ist ein ganz neuer Trend und würde super hier zu euch auf den Hof passen", hatte Sarah Granrath, Meditationstrainerin und Inhaberin eine kleinen Event-Reiseagentur, der Zenzia und dem Toni vor Wochen, bei einem Zufallsbesuch hier auf dem Sennerhof, erklärt. Zenzia war für jede Abwechslung dankbar und so hatte sie, gegen Tonis

anfängliche Bedenken, die Idee aufgegriffen und zugesagt. Das Angebot, hier auf dem Sennerhof ein Wochenende bei Meditation und Fasten in völliger Abgeschiedenheit zu verbringen, wurde in Sarahs Reiseangebot aufgenommen. Die Sache war ein Volltreffer; bereits 5 x waren Gäste über das Wochenende heraufgekommen und hatten viel Geld für das Hüten der Kühe, das Reinigen des Schweinestalls, kein Essen und Unmengen an Kräutertee bezahlt. Leichter konnten sie das Geld wirklich nicht verdienen.

Zenzia goss das heiße Wasser auf die selbst getrockneten Teeblätter und sah aus dem Fenster. Draußen stand Toni mit dem ebenfalls für das Wochenende angereisten Journalisten Charly Schneider; die beiden Männer unterhielten sich recht lebhaft. Zenzia nahm ein Glas mit frischer Milch, ging hinüber in die gute Stube und setzte sich unter das geöffnete Fenster. Leider beendeten die beiden Männer vor dem Fenster ihr Gespräch bevor sie etwas von der Unterhaltung mithören konnte. Toni ging hinüber zum Holzstadl und Charly Schneider, ebenso wie Toni ein großer und recht stattlicher Mann, wandte sich dem Weg zum Heustadl zu.

Bankdirektor Dr. Jonathan Pichler stand derweil, leger mit einem T-Shirt und einer kurzen Jeans bekleidet, auf der Almweide, hoch über der Senner Hütte, und betrachtete die Kühe, die friedlich das frische Gras ausrupften. Ab und zu erklang eine der großen Glocken, die am Hals der braun-weißen Kühe baumelte. Pichler stützte sich auf seinen Hütestecken und blinzelte in die Sonne. Er war nicht ganz freiwillig hier herauf gekommen, aber er genoss es zunehmend. Schön war es hier, wirklich schön. Beinahe konnte man den Alltag vergessen, aber leider nur beinahe. Zum vierten Mal an diesem Morgen griff er in seine Tasche und sah auf sein Handy. Er hatte Empfang und das war wichtig. Enorm wichtig! Der ersehnte Anruf aber war bisher ausgeblieben. Pichler war nervös; warum dauerte das so lange? Er ging ein paar Schritte, als ihn ein frisch ausgehobenes Loch von gut 30 cm Tiefe im Boden unsanft zu Fall brachte. In seiner ganzen Länge schlug er hart auf der Wiese auf. „Verflixt!", fluchte Dr. Pichler. Er blieb einen Moment liegen und verharrte. Setzte irgendwo Schmerz ein? Kündigte sich ein Bruch an? Vorsichtig berappelte er sich und setzte sich zögernd auf. Langsam bewegte er alle Gliedmaßen. Es war wohl nichts gebrochen, aber der linke Fuß war angestaucht. Fluchend und schimpfend stand Pichler auf und humpelte zu einem Baum, unter welchem er sich stöhnend niederließ. Wer grub mitten auf einer Almwiese Löcher? Das war geradezu fahrlässig, soviel stand fest.

Dr. Florian Hahnleiter und seine Frau Anne stapften hinter Sarah Granrath und Vanessa Pichler her. Er wurde von heftigem Kopfweh geplagt.

„Das passiert oft", hatte ihm Sarah am Morgen, während einer Tasse Tee, erklärt. „Das Fasten verlangt dem Körper viel ab und gegen das Kopfweh hilft am besten die Meditation."

Sie erreichten den Bachlauf und Sarah breitete eine De-

cke auf einem kleinen Felsplateau aus.
„Ich meditiere jeden Tag", erklärte sie nun und sah die anderen ebenso aufmunternd wie begeistert an. „Am besten, wir beginnen mit einer Atemübung".

Florian war genervt. Er hätte statt Meditationsübung lieber ein Aspirin zu sich genommen, aber sämtliche Medikamente waren natürlich zu Hause geblieben! Die nächste Apotheke lag kilometerweit den Berg hinunter entfernt. Außerdem hatte er Hunger! Großen Hunger! Seit gestern Mittag hatten sie nichts mehr zu sich genommen und er fragte sich zunehmend, wozu das gut sein sollte.

„Machst du nicht mit?", fragte seine Frau Anna ungeduldig und sah ihn herausfordernd an. „Sarah macht das hier extra wegen dir und deinem Kopfweh!"

Sie stand mit Sarah und Vanessa mit gebeugten Knien in einer, für den Beobachter recht seltsam anmutenden Haltung, im Halbkreis auf dem Felsplateau.

„Stellt euch aufrecht und nehmt mit euren Füßen Bodenkontakt auf", hörte er Sarah nun mit monotoner Stimme sagen.
„Richtet eure Augen auf einen Gegenstand, der in Augenhöhe drei bis vier Meter von euch entfernt ist. Streckt eure Arme in Schulterhöhe waagerecht nach vorn... die Finger sind gesteckt... gebt in den Knien etwas nach und schließt die Augen... bleibt dreißig bis vierzig Sekunden in dieser Haltung stehen...."

An dieser Stelle verließ Florian ohne jeden Kommentar die Gruppe und ging zurück zum Sennerhof. Hinter sich hörte er Anna seinen Namen rufen, aber er war nicht imstande, umzukehren und Atemübungen zu absolvieren. Irgendwo musste er etwas zu essen auftreiben, sonst würde er wohlmöglich über das nächste Wollschwein, welches ihm über den Weg lief, herfallen und hinein beißen.

Anna zuckte mit den Schultern und wandte sich wieder der Meditation zu. Sie fragte sich erneut, warum Florian so plötzlich darauf bestanden hatte, sie zu diesem Wochenende zu begleiten. Es war doch offensichtlich, dass er überhaupt keine Lust dazu hatte.

Der Künstler Yoko Aljeschi lag entspannt im Gras und betrachtete die Meditationsgruppe vom Flussufer gegenüber. Die Damen bewegten sich sehr graziös und er konnte, vor allem von der einen, kaum die Augen lassen. Wenn er sie nur überreden konnte, ihm einmal Modell zu stehen. Fasziniert starrte er unablässig hinüber...
Sie war wirklich eine Augenweide.

Am Abend vor der Almhütte:
„Was ist denn das in der Küche auf dem Tisch?", fragte Anna und setzte sich zu Zenzia Burger auf die Holzbank vor dem Haus.
„Der Toni hat für uns Frauen eine Erdbeerbowle gemacht! Du kannst dich gerne bedienen", erklärte Zenzia und strickte munter weiter an dem warmen Winterpullover aus Wollschweinfäden.

„Eine Erdbeerbowle?", fragte Anna ungläubig und lachte kurz auf. „Das entspricht aber nicht unserem Fastenziel, oder?"

„Ich denke, er wollte euch nur eine Freude machen. Ihr müsst sie ja nicht trinken!", stellte Zenzia mit einem leicht ärgerlichen Unterton fest.

Eine Weile schwiegen die beiden Frauen; nur das Klappern von Zenzias schnellen Stricknadeln war zu hören. Dann nahm Anna das Gespräch wieder auf.

„Wie kommt dieses wunderschöne Teil eigentlich hier hoch auf die Alm?"
Sie deutete auf einen Strandkorb, der gegenüber dem Haus auf einem kleinen Plateau stand.

„Der?", lachte Zenzia, „der ist von Sylt. Genauer gesagt von Hörnum, direkt vom Strand am Leuchtturm!"
„Von Sylt?" Anna staunte nicht schlecht. „Was habt ihr denn mit Sylt zu tun? Das musst du mir erzählen..."

Bevor Zenzia antworten konnte, kamen Vanessa und Sarah munter schwatzend mit je einem Glas Erdbeerbowle in der Hand aus dem Haus und gesellten sich dazu.

„Habt ihr die Männer gesehen?", fragte Vanessa und nahm genussvoll ein Schlückchen zu sich.

„Die sind mit Toni bei den Wollschweinen; er wollte ihnen irgendwas im Stall zeigen!", sagte Zenzia.

„Ach? Da geh ich gleich mal rüber, kommt ihr mit?"
Vanessa schickte sich an, den Weg hinauf zum Stall zu gehen.

„Warte", stoppte Zenzia Vanessas Vorhaben. „Die Herren wollen nicht gestört werden. Toni hat mir gesagt, es sei ein reiner Herrenabend!"

Vanessa gluckste kurz auf. „So so, ein Herrenabend. Was hält man denn davon?" Sie kam zurück und hielt ihr Glas hoch: „Dann bringe ich jetzt einen Toast auf die Herren im Schweinestall. Mögen sie alle gesund bleiben. Prost!"

Zenzia lächelte. „Wie viele Gläser Bowle hattest du schon, Vanessa?"

„Ach, das ist Bowle?" Vanessa sah begeistert auf das Glas mit dem rosaroten Inhalt in ihrer Hand. „Deshalb schmeckt es so gut! Aber dem Alkohol schmeckt man kaum. Es schmeckt total… erdbeerig und süß!"

„Da wird der Toni eine Menge vom Erdbeersirup rein gegossen haben!", schmunzelte Zenzia.

Sie stand auf und packte das Strickzeug zusammen.
„Ich geh jetzt rein, es wird kalt, gute Nacht!"

„Ich komm gleich mit", sagte Vanessa, gähnte herzhaft und trank dann rasch ihr Glas aus. „Ich werde gerade so richtig schön müde."
Sarah stand ebenfalls auf. Sie schaute in Annas Richtung:

„Kommst du auch mit rein?"

Anna schüttelte den Kopf. „Nein, das ist so eine schöne Nacht heute. Ich bleibe noch ein bisschen hier sitzen und schau den Mond an!"

Als Vanessa mit Sarah ins Haus ging, stolperten sie fast über ein auf dem Weg liegendes Küchenmesser. Vanessa bückte sich, hob es auf und nahm es mit ins Haus.

„Nicht aufheben, das bringt Unglück", wisperte die alte Svenja, die im Dunkeln auf einer Bank am Heustadl saß und die Szene genau beobachtet hatte. „Niemals darf man ein Messer aufheben, welches am Weg liegt! Niemals..." Bedenklich schüttelte sie den Kopf. Diese Zugereisten aus der Stadt hatten aber wirklich überhaupt keine Ahnung von den Regeln, die man, gerade hier oben auf der Alm, unbedingt einhalten musste.

Der nächste Tag begann mit dem ersten Hahnenschrei. Toni und Zenzia waren schon früh auf den Beinen, um die Wollschweine im Stall hinter dem Haus zu versorgen.

Vanessa hatte hinter der Türe ihrer Kammer gesessen und gelauscht. Kaum waren Toni und Zenzia im Stall, sauste sie in die Küche, um den Eisschrank nach etwas Essbarem zu untersuchen. Sie hatte entsetzlichen Hunger und schämte sich fast ein wenig dafür. Aber wenn sie jetzt nichts zu essen bekam, würde sie ganz sicher durchdrehen.

Gerade als sie den Eisschrank öffnete und nach dem himmlisch duftenden Bergkäse griff, hörte sie hinter sich eine Stimme!

„Jetzt schlägt es ja dreizehn", sagte Anna, halb belustigt, halb tadelnd. Vanessa erschrak so heftig, dass sie die Eisschranktüre rasch wieder zuknallte.

„Du wirst doch nicht etwa Käse stibitzen wollen?"

Anna trat vor und holte einen Apfel hinter ihrem Rücken her. Sie hielt ihn Vanessa hin. „Hier, nimm den. Das ist zumindest was im Magen, ohne groß gegen das Fasten zu verstoßen!"

Dankbar biss Vanessa hinein.

„Es ist ja nur, weil ich so ein Kopfweh habe", sagte sie. „Ich habe einen Brummschädel, als hätte ich die ganze Nacht durchgetrunken!" Sie biss in den Apfel und blickte kauend hinaus aus dem Fenster. Draußen stand, in einer blickdichten Wetterhülle eingepackt, der Sylter Strandkorb.

„Schon komisch, mit dem Strandkorb hier oben auf der Alm, oder? Ich frage mich, wie sie den hier hoch bekommen haben. Ich muss ihn unbedingt noch fotografieren bevor wir abreisen, am besten mit einem dieser Wollschweine und dem Toni daneben und..."

Mitten im Satz brach Vanessa ab.

Anna quatschte munter weiter. „Ja, wirklich. Der Toni in der Lederhose... die Zenzia hat mir gestern erzählt, dass sie eigentlich von Sylt stammt und der Toni auch aus

Norddeutschland und...

An dieser Stelle verstummte Anna. Sie bemerkte die seltsame Veränderung, die in Vanessa vor sich ging.
Diese starrte unentwegt hinaus.
„Da stimmt doch was nicht", sagte sie schließlich. „Guck mal, fällt dir was auf an dem Strandkorb?"

Anna trat neben Vanessa und sah nun auch aus dem Fenster. Der Strandkorb war mit einer blickdichten Schutzplane verhüllt, auf den ersten Blick nichts Ungewöhnliches. „Sie werden ihn halt gegen das Wetter hier schützen wollen und... Und dann sah Anna es auch.

Unten, am Ende der Hülle, schauten 2 Füße heraus. Irgendwas stimmte mit diesen Füßen nicht. Der eine Fuß steckte in einem Turnschuh und der andere nur in einem dunklen Socken.
Während der Fuß im Turnschuh aufrecht auf dem Boden stand, lag der besockte Fuß kraftlos und leicht abgeknickt auf dem Boden. Beide Füße wirkten... leblos.

„Da sitzt einer unter der Hülle und regt sich nicht", wisperte Anna heiser, „ich hole Florian..."
Sie rannte so rasch sie konnte aus der Küche, die Stiege hinauf in ihre Kammer.

An dieser Stelle können Sie Ihr Essen servieren.
Danach lesen die den Rest der Geschichte vor.

Kurz darauf näherten sich Florian, Anna und Vanessa vorsichtig dem Strandkorb. Florian hatte noch tief und fest geschlummert, als Anna das Zimmer gestürmt und ihn nach draußen gezerrt hatte und wirkte entsprechend verschlafen. Als er jedoch die leblosen Füße unter der Hülle erblickte, war er auf einen Schlag putzmunter. Per Handzeichen forderte er die Frauen auf, ein Stück zurück zu bleiben.

Dann rief er mit kräftiger Stimme:
„Hallo..? Ist da jemand... im Strandkorb?"
Niemand antwortete und auch die Füße regten sich nicht.

Er trat entschlossen vor und zog mit einer Hand den Reißverschluss der Abdeckung auf. Seine Hand zitterte etwas, als er die Schutzfolie zur Seite zog und in das leichenblasse Gesicht des Journalisten Charly Schneider blickte. Dieser saß, mit Jeans und T-Shirt bekleidet, im blau-weiß-gestreiften Sylter Strandkorb. Auf seiner Stirn klaffte eine große, blutverkrustete Wunde. Der Journalist war mausetot, daran bestand kein Zweifel.

Hinter Florian ächzte Vanessa vor Entsetzen laut auf...
Und dann folgte ein lautes Plumpsgeräusch...
Anna war in Ohnmacht gefallen.

Liebe Gäste, herauszufinden, warum der Journalist Charly Schneider an diesem Morgen mausetot im Strandkorb auf der Alm sitzt, wird nun Ihre Aufgabe sein. Bedenken Sie bei Ihren Ermittlungen, dass die meisten Morde aus Eifersucht, Liebe oder Gier begangen werden. Ob das Motiv unseres Mordes heute ebenfalls in diesem Bereich zu finden ist, wird sich zeigen.

Bitte öffnen Sie jetzt Ihre Umschläge und lesen Sie den Text in Ruhe durch.

Zwischeninfo für Dr. Florian Hahnleiter:

Bitte diesen Text ca. 10 Minuten nach Beginn der Ermittlungen an Florian Hahnleiter übergeben und nutzen lassen!

Du hast den Tatort gefunden!!!
Oben auf der Almwiese gibt es eine große Blutlache und eine Bluttropfspur vom Weg hinunter bis zum Haus. Vom Haus führt sie dann weiter zum Strandkorb.

Du hast mit der alten Svenja gesprochen. Sie hat in der Nacht deine Frau Anna beobachtet. Dies muss so gegen 00:30 Uhr gewesen sein. Sie kam vom Heustadl. Was hat sie da gemacht?

Die alte Svenja sagt außerdem, der Charly Schneider und der Yoko Aljeschi hätten sich gekannt. Sie hat gelauscht und gehört, wie der Yoko bei der Anreise zum Charly Schneider gesagt hat: „Wie, bist du schon draußen?"
Woher kannten die beiden sich? Die Frage sollte dem Yoko eindringlich gestellt werden, wenn sie bisher nicht geklärt wurde.

Svenja hat dem Toni vor 6 Jahren den Hof verkauft, für 180.000 Euro. Sie hat das Geld auf der Bank angelegt. Sie hat ein lebenslanges Wohnrecht.

Vorstellungstext

Dr. Florian Hahnleiter
-bitte als erster in der Runde vortragen-

Ich bin Dr. Florian Hahnleiter und Pathologe im Rechtsmedizinischen Institut in Köln. Ich habe den Toten eben kurz untersucht. Auch wenn ich hier oben keine Obduktion vornehmen kann: Ein paar Dinge sind durchaus feststellbar. Die Totenstarre ist fast vollständig eingetreten. Dies ist natürlich von der Lufttemperatur abhängig. Je wärmer es ist, je schneller tritt sie ein. Aufgrund des Zustandes der Leiche und der lauen Nacht würde ich sagen, dass er beim Auffinden zwischen 5 und 6 Stunden tot war.

Das heißt, Charly Schneider ist in der Nacht, zwischen 01:00 Uhr und 02:00 Uhr in der Frühe an einem schweren Schädel-Hirn-Trauma gestorben. Aufgrund der Schwere der Verletzung kann man davon ausgehen, dass er sofort bewusstlos war. Die Kopfwunde muss zudem heftig geblutet haben. Da im Strandkorb kein Blut ist, steht für mich fest, dass er sich die tödliche Wunde an anderer Stelle zugezogen hat und dass ihn dann jemand zum Strandkorb getragen und hinein gesetzt hat.

Was wirklich seltsam ist, ist die Tatsache, dass seine Kleidung mit Erde beschmutzt und stark verschwitzt war, so, als habe er noch in der Nacht körperlich gearbeitet. Als ich ihn gestern Abend bei diesem Wollschwein-Workshop gesehen habe, war alles was er an-

hatte, sauber. Das weiß ich genau.
Ich selbst kannte ihn nicht und werde die Untersuchung hier leiten, bis die Kollegen von der Polizei hier eintreffen.

Geheimtext Dr. Florian Hahnleiter

Weitere Informationen für dich! Du darfst von all diesem Wissen in der Ermittlungsrunde Gebrauch machen! Wenn du etwas gefragt wirst, solltest du die Wahrheit sagen, denn du bist nicht der Täter und hast nichts zu befürchten.

Anna wollte dieses Wochenende eigentlich alleine auf den Berghof fahren. Du hast dich kurzfristig entschlossen, mitzufahren, denn in eurer Ehe kriselt es gewaltig. Ein Freund von der Kripo hat dir gesteckt, dass er Anna mit einem anderen Mann sehr verliebt in einem Café gesehen hat. Sie hat also einen Liebhaber. Du weißt aber nicht, wer es ist und hast Anna auch noch nicht darauf angesprochen.
Vielleicht solltest du dies heute nachholen.

Du hast vor einem Jahr die Doktorwürde erhalten und führst die Bezeichnung "Dr." relativ frisch in deinem Namen.
Dr. Pichler hat dich bei der Anreise gefragt, ob Charly Schneider dich auf deinen Doktortitel angesprochen hat. Du hast, wahrheitsgemäß, verneint.
Was hatte es mit der Frage auf sich? Frag Dr. Pichler danach.

Der Toni Burger hat euch Männer gestern Abend in der Scheune zu einem Wollschwein-Spezial-Workshop eingeladen. Charly Schneider, Dr. Pichler, Yoki Aljeschi und du, ihr habt Weizenbier vom Toni bekommen. Es gab viel Spaß. Gegen 24:00 Uhr habt ihr euch getrennt, denn ihr seid auf einmal sehr müde gewesen. Du bist gleich ins Bett. In der Nacht hast du tief und fest geschlafen. Anna ist erst nach dir ins Bett gekommen. Eigentlich weißt du gar nicht, ob sie überhaupt im Bett war, denn du hast nichts mehr mitbekommen, bis sie dich am Morgen so panisch geweckt hat. **Frag sie mal, ob sie überhaupt in ihrem Bett geschlafen hat!**

Und wieso ist Anna in Ohnmacht gefallen, als sie den Toten sah? Sie ist Krankenschwester und sollte schon viele Leichen gesehen haben.

Weitere Information: Anna nimmt seit Wochen jeden Abend eine Schlaftablette ein; vermutlich kann sie vor lauter schlechtem Gewissen nicht mehr richtig schlafen. Du hast die Tabletten auch diesmal in ihrem Gepäck entdeckt.

Die Kernfragen sind:
Kannte jemand der Anwesenden vor dieser Reise den Charly Schneider?
Wo könnte ein Motiv für die Tat liegen?
Was haben die anderen heute in der Nacht nach 24:00 Uhr gemacht?

Da Charly Schneider sich die Verletzung an anderer Stelle zugezogen hat, muss er in den Strandkorb transportiert worden sein. **Ein Unfall ist daher unwahrscheinlich.**

Nach den Ermittlungen schreibt jeder auf, wen er für den Täter hält und nach dem Dessert klären wir den Fall gemeinsam auf.

Vorstellungstext

Sarah Granrath, Meditationstrainerin,
Inhaberin einer Reise-Eventagentur
-bitte nach Florian Hahnleiter in der Runde vortragen-

Mein Name ist Sarah Granrath. Ich habe den Hof hier oben vor einigen Wochen bei einer Bergtour entdeckt und gleich gemerkt, welches Potential hier steckt. Eventreisen dieser Art liegen voll im Trend. Den Charly Schneider kannte ich bisher nicht. Toni hat mich damit überrascht, dass ein Journalist über unser Angebot schreiben wollte. Ich fand das toll, eine bessere Werbung gibt es doch gar nicht.

Charly hat oben im Heustadl geschlafen, weil im Haus ja alle Kammern belegt waren. Auch der Yoko Aljeschi hat nicht über mich gebucht. Er kommt, soweit ich weiß, jedes Jahr hier herauf, um sich inspirieren zu lassen. Insofern gehört er nicht zu meiner Gruppe, die aus Dr. Pichler, seiner Frau Vanessa, Anna und Dr. Hahnleiter besteht.

Mehr kann ich eigentlich nicht dazu sagen. Dieses Wochenende war nicht anders, als andere Wochenenden vorher hier auf dem Hof auch. Da fällt mir ein, so einen Männer-Workshop bei den Wollschweinen, wie der Toni das gestern Abend gemacht hat, so was hat es vorher noch nicht gegeben und es war auch nicht vorgesehen. Ich denke aber, den Männern hat es Spaß gemacht und beschwert hat sich auch niemand.

Auch die Erdbeerbowle war neu; aber gefreut haben wir uns alle. Ich habe auch 2 Gläser davon getrunken. War richtig lecker und hat einem, trotz knurrendem Magen, in den Schlaf geholfen. Ich überdenke, das Fasten vom Programm zu nehmen. Fasten ist irgendwie doch sehr spaßbremsig... Wenn es eine Brotzeit und ein Bierchen gibt, sind irgendwie alle viel glücklicher. Insgesamt also eine gute Idee vom Toni.

Geheimtext Sarah Granrath

Weitere Informationen für dich! Du darfst von all diesem Wissen in der Ermittlungsrunde Gebrauch machen! Wenn du etwas gefragt wirst, solltest du die Wahrheit sagen, denn du bist nicht der Täter und hast nichts zu befürchten.

Zwischen Anna und Florian kriselt es gewaltig.
Sie gehen sich ja geradezu aus dem Weg.
Das kannst du ruhig mal ansprechen.

Dieser Yoko läuft ständig hinter dir her; er möchte unbedingt **Aktbilder** von dir malen und er hat dir erklärt, **du sollst seine Muse werden.** Das schmeichelt dir zwar, aber du bist wirklich nicht sicher, ob du dazu Lust und Laune hast. Was muss man als Muse eigentlich tun?
Frag ihn doch einmal freundlich, was er sich unter der Tätigkeit einer Muse so vorstellt.

Gestern hat er seine Tasche am Fluss vergessen. Du hast hineingesehen und seinen Ausweis gefunden. Er heißt gar nicht Yoko Aljeschi, sondern Ulrich Hase. **Seltsam, warum hat er seinen Namen geändert? Frag ihn danach.**

Außerdem ist dir aufgefallen, dass die Zenzia ständig hinter diesem Yoko (Ulrich) her läuft und er scheinbar ständig auf der Flucht vor ihr ist. Was ist da los zwischen den beiden? Sie kennen sich ja wohl schon länger, denn er verbringt nicht den ersten Sommer hier oben. **Schildere deinen Eindruck.**

Der Charly Schneider ist dir gestern Nachmittag am Hof begegnet. Er hatte sich eine Schüppe aus dem Geräteschuppen organisiert und ging damit wieder hinauf zum Heustadl. Er sagte, er wolle später im Auftrag von Toni Bäume auf der Almweide pflanzen. **Frag Toni einmal, ob das stimmt.**

Nach den Ermittlungen schreibt jeder auf, wen er für den Täter hält und nach dem Dessert klären wir den Fall gemeinsam auf.

Vorstellungstext

Dr. Jonathan Pichler, Bankdirektor
-bitte nach Sarah Granrath in der Runde vortragen-

Mein Name ist Dr. Jonathan Pichler. Leider werde ich kaum etwas zu diesem Fall beitragen können. Wenn die Todeszeit, wie von Dr. Hahnleiter festgestellt, zwischen 01:00 und 02:00 Uhr lag, kann ich nur sagen: Ich habe tief und fest geschlafen und bin erst heute Morgen von meiner Frau Vanessa geweckt worden, nachdem sie den Toten entdeckt hatten. Da war ja was los!

Meine Nessi hat einen riesigen Schrecken bekommen und war kaum zu beruhigen. Ich persönlich habe gar nichts mitbekommen in der Nacht. Die Luft hier oben haut einen ja komplett aus den Pantinen. Wir Männer hatten ja gestern auch noch diesen Spezial-Wollschwein-Workshop im Stall mit dem Toni. Sehr interessant, was wir da gelernt haben, aber, wie erwähnt, auch extrem ermüdend. Wir waren alle froh, als wir gegen 24:00 Uhr ins Bett bzw. aufs Heulager konnten.

Wo wir gerade so nett zusammen sitzen: Ich habe eine Beschwerde. Da oben auf der Almwiese, da gibt es mehrere große Löcher. Wenn man nicht aufpasst, tritt man rein und fällt. Ist mir gestern so passiert. Mein Fuß ist immer noch ganz dick. Toni, bist du eigentlich unfallversichert? Wenn da mal was Ernsthaftes passiert, hast du Probleme, das sag ich dir! Wenn ihr Bäume pflanzen wollt, dann steckt die auch gleich in die Löcher. So ist das lebensgefährlich. Ich bin nach dem Sturz die gut 1000 m von der Wiese hier herunter zum Hof jedenfalls nur mit viel Mühe gekommen.

Geheimtext Dr. Pichler:

Weitere Informationen für dich! Du darfst von all diesem Wissen in der Ermittlungsrunde Gebrauch machen! Wenn du etwas gefragt wirst, solltest du die Wahrheit sagen, denn du bist nicht der Täter und hast nichts zu befürchten.

Du nennst deine Frau heute Abend konsequent Nessi, das ist ihr Spitzname.

Der Toni Burger hat dir bei der Ankunft gesagt, dass man hier oben **nur** auf der Almweide Funkempfang per Handy hat. Deshalb hast du dich freiwillig zum Kühe hüten einteilen lassen, denn du hast einen wichtigen Anruf erwartet.

Hintergrund:
Charly Schneider hat dich vor ein paar Wochen in der Bank aufgesucht und dir unterstellt, dass du deine Doktorarbeit abgeschrieben hast. Er forderte dich auf, zu diesem Wochenende auf der Alm zu kommen und hat dir auch gleich die Kontaktdaten von Sarah Granrath für die Buchung übermittelt. Er wollte dir seine Recherchen gegen die Zahlung von 10.000 Euro überlassen.
Du bist dir keiner Schuld bewusst, aber so ein Verdacht schadet immer der Karriere. Daher hast du für die Alm gebucht, die 10.000 Euro mitgenommen und gleichzeitig eine Detektei beauftragt, im Leben vom Charly Schneider zu stöbern.
Dies war der Anruf, auf den du gewartet hast.

Die Detektei rief dich gestern endlich an und teilte dir mit:
Charly Schneider hat sich auf das Aufdecken abgeschriebener Doktorarbeiten spezialisiert. Er verkauft die Storys dann entweder an die Doktoren (Schweigegeld) oder, wenn sie nicht zahlen, an eine Zeitung. Damit bestreitet er seinen Hauptlebensunterhalt.

Außerdem:
Charly Schneider hat 6 Jahre wegen dem Überfall auf einen Geldtransporter im Gefängnis gesessen.
Die Beute betrug 360.000 Euro, das Geld ist nie wieder aufgetaucht. Erst seit gut einem Jahr ist der wieder frei. Vor der Tat lebte er als Journalist in Rendsburg, er ist nach seiner Entlassung aus der Haft nach Köln gegangen.
Du hast ihn heute, nach dem Anruf der Detektei, mit seiner Haft konfrontiert. Er war geschockt und hat dich gebeten, sein neues Leben nicht kaputt zu machen und über seine Vergangenheit zu schweigen. Im Gegenzug hat er dir alle Unterlagen seiner Recherche übergeben.
Die Sache war somit für dich erledigt.

Florian Hahnleiter ist ja auch Doktor. Ob er es bei ihm auf ähnliche Weise versucht hat?
Hat er auch seinen Doktortitel überprüft? Du hast ihn kurz nach der Anreise gefragt, ob er den Charly Schneider kennt und er hat verneint. Vielleicht war das aber auch eine Schutzbehauptung? **Wer hat die Reise bei Hahnleiters gebucht? Sie oder er? Frage hier einmal nach.**

Der Workshop über die Wollschweine war natürlich ein Herrenabend mit viel Weizenbier. Der Toni ist wirklich ein super Typ... Ihr hattet viel Spaß. Er hält selbst nicht viel vom Fasten und hat auf diese Weise versucht, es euch Männern etwas angenehmer zu machen. Allerdings bist du mit heftigem

Kopfweh erwacht! Seltsam, denn normalerweise kannst du schon einen Stiefel vertragen.

Zur Tatzeit hast du feste geschlafen. Wenn Vanessa noch einmal die Kammer verlassen hätte: Du hättest es nicht bemerkt.

Nach den Ermittlungen schreibt jeder auf, wen er für den Täter hält und nach dem Dessert klären wir den Fall gemeinsam auf.

Vorstellungstext
Anna Hahnleiter, Krankenschwester,

-bitte nach Jonathan Pichler in der Runde vortragen-

Ich bin Anna Hahnleiter, die Frau von Florian. Wir kommen aus Köln und ich bin Krankenschwester von Beruf. Dieses Wochenende wollte ich mich vom Stress im Krankenhaus erholen. Ich kann wirklich gar nichts dazu beitragen, den Fall aufzulösen.

Ich habe gestern Abend noch lange draußen im Strandkorb gesessen. Wann hat man schon die Gelegenheit, auf einer Alm in einem Strandkorb zu sitzen?! Das ist doch wirklich witzig. Irgendwann sind die Männer alle unter viel Gelächter aus dem Stall gekommen.

Sie hatten bei dem Wollschwein-Workshop wohl sehr großen Spaß und haben mich gar nicht bemerkt. Ich bin dann kurz darauf auch ins Bett gegangen. Florian hat schon geschlafen.
Mehr kann ich nicht dazu sagen. Aufgefallen ist mir in der Nacht nichts.

Geheimtext Anna Hahnleiter:

Weitere Informationen für dich! Du darfst von all diesem Wissen in der Ermittlungsrunde Gebrauch machen! Wenn du etwas gefragt wirst, solltest du die Wahrheit sagen, denn du bist nicht der Täter und hast nichts zu befürchten.

Charly Schneider ist in Rendsburg aufgewachsen, wohnte aber seit 1 Jahr in Köln. Du hast ihn zufällig kennengelernt und er war seit gut 4 Wochen dein heimlicher Liebhaber. Ihr trefft euch mehrmals die Woche in Cafés und in Charlys Appartement. Deshalb bist du auch ohnmächtig geworden, als du seine Leiche gesehen hast. Als Krankenschwester bist du sonst nicht so empfindlich.

Charly hat dir vor Wochen gesagt, dass er hier auf dem Hof eine Reportage über das Almleben schreiben wird. Er hat vorgeschlagen, dass du mit auf den Hof kommst, damit ihr mal ein paar Tage für euch habt. Also hast du für dich bei Sarah Granrath diese Reise gebucht. Florian hat dich dann vor ein paar Tagen damit überrascht, dass er mitkommen wollte. Eigentlich ist so eine Fastenzeit überhaupt nicht sein Ding und du hast dich schon sehr gewundert. Charly war über das Auftauchen deines Ehemannes extrem verärgert und ihr hattet, nach einer kussreichen Begrüßung am Fluss, einen Streit deswegen.

Gestern Abend wolltest du ihn noch im Heustadl oben besuchen. Dort hat Charly ja übernachtet. Nachdem alle im Bett waren, bist du hoch gelaufen. Charly war unwirsch, als er dich gesehen hat und hat dich gleich wieder zurück geschickt. Kurz darauf muss etwas passiert sein, was ihn das Leben gekostet hat.

Was kann nur passiert sein?
Du weißt, dass Charly in letzter Zeit einige falsche Doktoren entlarvt hat. Er hat ständig im Internet recherchiert und Dissertationen verglichen. Du hast mal erwähnt, dass Florian seine Doktorarbeit erst vor einem Jahr geschrieben hat und du weißt, dass er daraufhin auch Florians Arbeit überprüft hat. Ob ihm hier etwas aufgefallen ist?
Hat er wohlmöglich versucht, Florian zu erpressen?
Auf jeden Fall stimmt etwas nicht mit Florian, er benimmt sich dir gegenüber seltsam.

Dieser Künstler, Yoko Aljeschi, und der Charly Schneider haben sich gestern sehr angeregt unterhalten. Du weißt nicht, um was es ging, aber du hattest den Eindruck, dass die beiden sich schon länger kannten.
Frag den Yoko mal danach.

Seit du ein Verhältnis mit Charly hast, schläfst du schlecht. Du hast dir im Krankenhaus daher Schlaftabletten besorgt und gestern Abend eine Halbe davon genommen. Das hat gut geholfen und du hast bis zum frühen Morgen durchgeschlafen. Dann bist du in die Küche, weil du so großen Durst hattest. Dort hast du Vanessa beim Käse stibitzen getroffen; der Rest ist ja bekannt.

Wenn Florian in der Nacht aufgestanden wäre und das Zimmer verlassen hätte: Du hättest es nicht gemerkt, so tief und feste, wie du nach der Tablette geschlafen hast!

Wie kam denn jetzt der Strandkorb hier herauf?
Diese Frage ist gestern gar nicht mehr beantwortet worden. Frag danach.

Nach den Ermittlungen schreibt jeder auf, wen er für den Täter hält und nach dem Dessert klären wir den Fall gemeinsam auf.

Vorstellungstext

Toni Burger
-bitte nach Anna Hahnleiter in der Runde vortragen-

Ich bin der Toni Burger und lebe mit Zenzia seit gut 6 Jahren hier oben auf dem Sennerhof. Damals habe ich den Hof der alten Svenja abgekauft, sie hat ein Wohnrecht auf Lebenszeit. Ich liebe die Einsamkeit und fühle mich hier sehr wohl.

Der einzige Gast, der seit 3 Jahren im Sommer regelmäßig für ein paar Wochen hier herauf kommt, ist der Yoko Aljeschi. Der wohnt dann immer in einer Kammer unter dem Dach und tagsüber malt er. Er stört kaum und ist so etwas wie ein Freund geworden.

Als Sarah anbot, uns Gäste zum Fasten und Meditieren hier herauf zu bringen, war ich zunächst dagegen. Ich habe schließlich Zenzia zuliebe zugesagt, und es ist ja auch leicht verdientes Geld.
Ich habe die Männer gestern Abend in den Stall zu einem Wollschwein-Spezial-Workshop eingeladen.
Mangalitza-Wollschweine sind ja extrem interessante Tiere. Wir züchten sie seit einigen Jahren sehr erfolgreich. Sie haben Unterwolle und lockige Borsten..., aber jetzt schweife ich ab. Jedenfalls haben wir alle, auch der Charly Schneider, sehr viel Spaß gehabt.

Was danach passiert ist, weiß ich nicht. Der Tag hier beginnt früh und an Ausschlafen ist nicht zu denken. Ich war also kurz nach Mitternacht im Bett und um 06:00 Uhr schon wieder auf den Beinen. Wir mussten ja in den Stall.

Den Toten kannte ich nicht! Ich habe ihn gestern hier zum ersten Mal gesehen. Er hat sich vor ein paar Wochen angekündigt und wollte nicht nur über unsere Fasten- und Meditations-Wochenenden, sondern auch über unseren Almkäse und die Wollschweinzucht berichten. Nur deshalb habe ich zugesagt. So eine Werbung für den Käse und die Zucht kann ja nichts schaden.

Geheimtext Toni Burger:

Du bist unser Mörder, denn:
Du stammst, ebenso wie Charly Schneider, aus Rendsburg. Vor 6 Jahren habt ihr gemeinsam einen Geldtransporter in Hamburg überfallen. Charly wurde erwischt und hat Jahre im Knast gesessen. Er hat dich nicht verpfiffen. Du konntest entkommen und bist mit der Beute von 360.000 Euro zunächst nach Sylt, in eine kleine Pension, gezogen.
Dort hast du Zenzia kennengelernt, sie arbeitete dort. Ihr wurdet ein Paar. Kurz darauf bist du mit Zenzia nach Süddeutschland abgetaucht. Du hast für 180.000 Euro den Sennerhof gekauft. Charlys Anteil, ebenfalls 180.000 Euro, hast du oben auf der Almweide vergraben; dort sollte das Geld bleiben, bis Charly wieder frei war. Zenzia weiß von alldem natürlich nichts.

Charly wurde vor gut einem Jahr aus der Haft entlassen. Er ging zunächst nach Köln, um etwas Gras über die Sache wachsen zu lassen. Nun kam er, um sein Geld zu holen. Du hast es vorgestern schon einmal ausgraben wollen, aber zu deinem Schrecken hast du es nicht mehr gefunden. Du hast an verschiedenen Stellen gegraben; daher die Löcher in der Almweide. Gestern Nacht wollte der Charly noch einmal mit dir gemeinsam suchen und graben. Damit ihr eure Ruhe habt und euch niemand in der Nacht stört, hast du die Männer alle zum Wollschwein-Workshop in den Stall eingeladen und ihnen jeweils zwei Schlaftabletten in das Weizen gekippt. (Die Tabletten hast du Zenzia entwendet) Daher waren Dr. Pichler, Dr. Florian Hahnreiter und Yoko Aljeschi sehr müde und sind gegen 24:00 Uhr ins Bett verschwunden.

Den Frauen hast du eine Erdbeerbowle gemacht, natürlich ebenfalls mit Schlaftabletten und mit ganz viel Erdbeersirup, damit sie die Tabletten nicht heraus schmecken.

Nachdem alle schliefen, seid ihr rauf auf die Wiese, habt gegraben und wieder nichts gefunden. Es gab Streit. Charly behauptete, du wolltest ihn um seinen Anteil betrügen. Ihr habt euch geprügelt. Dabei fiel der Charly sehr unglücklich mit dem Kopf auf einen Stein. Er war sofort bewusstlos. Du hast ihn dann zum Haus getragen, um ihn zu versorgen, aber als du ihn hier abgelegt hast, war er, sehr zu deinem Entsetzen, tot. In diesem Augenblick kam Zenzia aus dem Haus, weil sie ein Geräusch gehört hat. Die Nacht war stockfinster, sie hat nichts gesehen. Du hast den Toten dann rasch in den Strandkorb gesetzt und die Abdeckung heruntergezogen. Danach bist du ins Bett gegangen. Fortschaffen konntest du die Leiche nicht mehr, die Gefahr, entdeckt zu werden, war zu groß.

Eigentlich war es ja ein Unfall, aber wie willst du erklären, dass ihr in der Nacht auf der Almweide gegraben habt? Dann müsstest du den Überfall von damals zugeben und ins Gefängnis. Das willst du auf keinen Fall.

Daher: Lege auf keinen Fall ein Geständnis ab, sondern versuche, von dir abzulenken.

Wie du von dir ablenken kannst:
Die Anna Hahnleiter und der Charly hatten ein Verhältnis. Das hat er dir erzählt. Hat der Florian davon gewusst? Dann könnte man ihm eine Eifersuchtstat unterstellen. Dr. Pichler hat dringend auf einen Anruf gewartet. Welcher Anruf war so wichtig für ihn? **Frag ihn danach.**

Und wo um alles in der Welt ist das Geld?
Eigentlich kann es nur die Zenzia haben... oder der Yoko Aljeschi, denn der kommt ja auch jedes Jahr hier herauf. Hat er es vielleicht durch Zufall gefunden? Hat er Geld? Wie wohnt er? Wo macht er gewöhnlich Urlaub? Welches Auto fährt er? Stelle unauffällig Fragen, die über seine Vermögensverhältnisse Auskunft geben.

Zenzia und du, ihr schlaft getrennt, seit sie dir vor Wochen gesagt hat, dass sie zurück nach Sylt gehen wird. Ihr seid kein Paar mehr.

Du hast das Geld damals auf Sylt übrigens in dem Strandkorb eingenäht und ihn, als Überraschung für Zenzia getarnt, hier herauf bringen lassen. Sie hat sich riesig gefreut. Später hast du die Naht aufgetrennt und das Geld verbuddelt.

Gib auf keinen Fall ein Geständnis ab; ein Motiv, das können wir dir versichern, haben auch andere der Anwesenden.

Nach den Ermittlungen schreibt jeder auf, wen er für den Täter hält und nach dem Dessert klären wir den Fall gemeinsam auf.

Vorstellungstext

Zenzia (Zita) Burger
-bitte nach dem Toni in der Runde vortragen-

Ich bin Zenzia Burger. Mein richtiger Name ist Zita, aber Toni meint, Zenzia würde besser hier in die Berge passen. Vor gut 6 Jahren habe ich den Toni in Sylt kennengelernt. Ich arbeitete da in einer kleinen Pension, bei Hörnum. Wir haben uns verbliebt, als Toni ein paar Tage zum Urlaub kam. Allerdings zog es ihn in die Berge und ich verließ mit ihm die Insel und folgte ihm hierher, auf die Alm. Als Sarah vor Monaten mit dem Angebot der Urlaubsgäste kam, war ich gleich ganz angetan, denn so ist wenigstens mal ab und an was los hier oben. Toni war dagegen, aber ich konnte ihn umstimmen. Er fühlt sich hier oben alleine einfach am besten, aber mir geht das echt an die Nerven mit der Einsamkeit.

So langsam scheint Toni aber auch den Gästen gegenüber aufgeschlossener; die Erdbeerbowle gestern für die Damen war eine sehr nette Geste, auch, wenn ich persönlich nicht davon probiert habe.

Ich habe gestern in der Nacht ein Geräusch im Hof gehört und bin noch mal raus. Das war so gegen 02:30 Uhr ca. Es klang wie ein Ächzen oder Stöhnen.
Leider war es stockfinster, gesehen habe ich nichts. Also bin ich wieder ins Bett. Ein Alibi habe ich ansonsten nicht, denn der Toni und ich, wir schlafen seit ein paar Wochen getrennt.

Geheimtext Zenzia:

Weitere Informationen für dich! Du darfst von all diesem Wissen in der Ermittlungsrunde Gebrauch machen! Wenn du etwas gefragt wirst, solltest du die Wahrheit sagen, denn du bist nicht der Täter und hast nichts zu befürchten.

Toni stammt ursprünglich aus Rendsburg; er ist also, genau wie du, ein Nordlicht. Ihr habt euch lange gut verstanden, aber du bist von der Alm und der Einöde echt bedient. Du hast ihm vor Wochen gesagt, dass du es hier oben nicht mehr aushältst und ihn noch vor dem Winter verlassen wirst. Seitdem habt ihr getrennte Kammern. Toni ist noch am gleichen Tag hoch auf den Dachboden gezogen.

Du hast vor 3 Monaten durch einen unglaublichen Zufall 180.000 Euro auf der Almweide gefunden. Das Geld war in Aldi-Tüten verpackt und vergraben. Du hast das Geld versteckt und dem Toni nichts davon gesagt, denn damals schon stand dein Entschluss fest, den Toni und den Hof zu verlassen. Es ist dir hier oben einfach zu einsam. Das Geld sollte dein Startgeld in ein neues Leben werden. Du nimmst an, dass es eigentlich der alten Svenja gehört. Toni hat ihr für genau diese Summe den Hof abgekauft. Svenja wird hier oben alt; sie braucht das Geld sicher nicht mehr und hat es wohlmöglich schon längst vergessen.

Deine Zukunft heißt Yoko Aljeschi. Yoko kommt seit einigen Jahren jeden Sommer, um sich inspirieren zu lassen und du bist seine Muse. Er malt immer wenn er hier ist Aktbilder von dir. Seit letztem Sommer hast du ein Verhältnis mit Yoko. Du hast ihm das Fundgeld vor 2 Monaten, bei einem Kurzbesuch von ihm hier oben, gegeben, als Anzahlung für eine gemeinsame Wohnung in Berlin. Sobald Yoko diese gekauft hat, wirst du zu ihm nach Berlin ziehen. Das habt ihr so abgemacht, aber Yoko geht dir seit Tagen aus dem Weg. Du hast ihn gestern nach der Wohnung gefragt, aber er ist ausgewichen. Hoffentlich hast du nicht auf das falsche Pferd gesetzt. Das Geld ist jedenfalls weg, und du hast nicht einmal eine Quittung darüber.

Du hast beobachtet, dass die Anna und der Charly Schneider sich kurz nach der Ankunft gestritten haben. Du hast dich gewundert, denn die beiden kannten sich doch gar nicht, **oder vielleicht doch?**

Zu Charly Schneider kannst du nicht viel sagen. Toni hat dir eines Abends gesagt, dass ein Journalist kommt und eine Reportage vom Hof macht. Charly wollte gerne im Heustadl, etwas fernab von den anderen, schlafen. Du hattest das Gefühl, dass Charly und Toni sich kennen. Toni hat das auf Nachfrage aber bestritten.

Der Toni hat übrigens noch nie einen Wollschein-Workshop mit Reisegruppen gemacht; du fragst dich, warum der ausgerechnet mit dieser Gruppe auf die Idee gekommen ist. Auch eine Erdbeerbowle gab es noch nie für die Damen. Es war aber auf jeden Fall eine sehr nette Geste.

Du hast gestern Nacht festgestellt, dass **irgendjemand deine Schlaftabletten** entwendet hat. Du wolltest eine Schlaftablette nehmen und das Röhrchen war leer. Ins Bad können ja alle, auch die Gäste. Frag einmal danach, wer die Tabletten, es waren mindestens noch 10 Stück in der Packung, genommen hat. Derjenige soll dir neue besorgen, denn die nächste Apotheke ist km weit den Berg hinunter entfernt!

Und nun zu der Frage, wie der Strandkorb hier herauf kam.

Toni hat dich damals total damit überrascht. Er hat ihn gleich nach eurer Abreise von Sylt hier herauf schaffen lassen, damit du ein Andenken an die Insel hast. Das war wirklich süß von ihm. Leider hast du ein paar Tage später festgestellt, dass eine Naht aufgetrennt war; aber das hast du rasch wieder repariert. Es ist jedenfalls herrlich, dass der Strandkorb hier ist.

Nach den Ermittlungen schreibt jeder auf, wen er für den Täter hält und nach dem Dessert klären wir den Fall gemeinsam auf.

Vorstellungstext

Vanessa Pichler, Heilpraktikerin
-bitte nach der Zenzia in der Runde vortragen-

Ich bin Vanessa Pichler. Mein Mann, der Johnny, hat mich mit dieser Reise wirklich überrascht. Normalerweise ist so etwas hier ja nicht sein Ding, aber er meinte, wir könnten es ja mal probieren.

Als Heilpraktikerin ist das hier oben für mich wirklich interessant. Es gibt jede Menge wunderbarer Pflanzen wie Alpenrispengras, Rotschwingel, Alpenlieschgras, behaartes Milchkraut, Goldpippau, stengelloser Enzian, Krokus, Adelgras, Mondraute und … und … und.
Ich bin einfach begeistert!

Allerdings habe ich nichts beobachtet, was helfen könnte, dieses Geschehen hier oben aufzuklären. Steht denn wirklich fest, dass es sich um ein Verbrechen handelt? Er könnte doch auch gestürzt sein, ist dann verwirrt herumgelaufen und schließlich in den Strandkorb gefallen. Jetzt, wo ich so darüber nachdenke, merke ich, dass es Unsinn ist. Wie hätte er die Plane verschließen sollen? Und der Doktor sagte ja bereits, dass er wohl gleich bewusstlos war.

Also ein Verbrechen! Aber wer soll das getan haben und warum? Wir jedenfalls kannten den Mann nicht! Ich bin wirklich durcheinander und ich habe Kopfschmerzen.

Ich denke, ich werde keine Erdbeerbowle mit Sirup mehr trinken. Das haut einen ja echt um.

Geheimtext Vanessa Pichler:

Weitere Informationen für dich! Du darfst von all diesem Wissen in der Ermittlungsrunde Gebrauch machen! Wenn du etwas gefragt wirst, solltest du die Wahrheit sagen, denn du bist nicht der Täter und hast nichts zu befürchten.

Du nennst Jonathan heute Abend konsequent **Johnny**! Das ist sein Spitzname.

Jonathan hat irgendeinen Ärger; das weißt du, aber er sagt dir nicht, um was es geht. Es hat aber mit Sicherheit mit der Bank oder seinem Job zu tun. Er ist seit einigen Wochen so nervös. Außerdem hat er im Rucksack 10.000 Euro. Wozu braucht er hier oben so viel Geld? Wollte er ein paar Wollschweine kaufen? **Frag ihn später mal danach.**

Gestern, am frühen Abend, hast du Johnny mit Charly Schneider gesehen. Sie gingen zusammen am Fluss spazieren und unterhielten sich angeregt. Der Journalist wirkte danach sehr angeschlagen. Was haben die beiden besprochen? Du hast auch beobachtet, dass Schneider deinem Mann einen Packen mit Unterlagen gegeben hat. Was waren das für Unterlagen? Die Sache macht dir ein bisschen Angst. **Du solltest deinen Mann darauf ansprechen, damit Klarheit herrscht.**

Aber zu etwas anderem:
Du bist sicher, dass die Anna Hahnleiter mit dem Charly Schneider ein Verhältnis hatte. Du hast die beiden am Fluss knutschen sehen!!! Und zwar am Tag der Ankunft. Sie kann-

ten sich also vorher. Soweit du weißt, kommen sie ja alle aus Köln, also Charly Schneider und auch die Hahnleiters. **Ob der Florian vom Verhältnis seiner Frau wusste?**

Dieser Yoko Aljeschi fährt einen Aston Martin. Das hast du gesehen, als er an der Talstation neben euch geparkt hat. Du wunderst dich, denn so ein Auto kostet mindestens 70.000 Euro. **Frag ihn mal, was seine Bilder kosten. Kann es sein, dass er sich solch einen Wagen leisten kann?**

Du hast, das ist wirklich Zufall, ein Bild von diesem Yoko Aljeschi in einer Ausstellung gesehen. Es war ein Aktbild und die Frau auf dem Bild sah genau aus wie Zenzia Burger. Ist Zenzia so etwas wie seine Muse? Dir schien es eigentlich so, als würde er sich extrem **für Sarah Granrath** interessieren. Er schleicht ihr überall hin nach und starrt sie ständig an. **Frag ihn einmal danach!**

Zur Tatzeit hast du feste geschlafen. Wenn Johnny noch einmal die Kammer verlassen hätte: Du hättest es nicht bemerkt.

Nach den Ermittlungen schreibt jeder auf, wen er für den Täter hält und nach dem Dessert klären wir den Fall gemeinsam auf.

Vorstellungstext

Yoko Aljeschi - Künstler

-bitte nach Vanessa Pichler in der Runde vortragen-

Ich bin der Berliner Maler Yoko Aljeschi. Eigentlich bin ich hierhergekommen, um mich von der Natur inspirieren zu lassen... und nicht von einer Bluttat. Ich denke, dies wird Einfluss auf meine nächsten Bilder nehmen. Sie werden im Stil von Surreal-Dark-Art entstehen, soviel steht fest. Die bunten Farben kann ich entsorgen! Ich werde nur noch Grau— und Schwarztöne verwenden!

Zum bedauernswerten Tod dieses Journalisten, der mir, wie ich versichere, nicht bekannt war, kann ich wenig sagen. Ich bin nach diesem Wollschwein-Spezial-Workshop gleich ins Bett gegangen und mit Kopfweh wieder aufgewacht. Wegen mir kann Toni diesen Workshop das nächste Mal auslassen, aber vermutlich werden die gewöhnlichen Besucher der Alm, die die Natur nicht zur Inspiration benötigen, so was wie gestern Abend als Highlight betrachten. Nun ja, jeder so, wie er mag.

Zuletzt war ich vor 2 Monaten zu einem Zwischenbesuch hier oben, aber es war nicht meine Jahreszeit. Ich werde morgen abreisen. Die Inspiration ist da, was will ich mehr!?

Geheimtext Yoko Aljeschi

Weitere Informationen für dich! Du darfst von all diesem Wissen in der Ermittlungsrunde Gebrauch machen! Wenn du etwas gefragt wirst, solltest du die Wahrheit sagen, denn du bist nicht der Täter und hast nichts zu befürchten.

Dein richtiger Name ist Ulrich Hase. Diesen hast du geändert, denn: Du hast 2 Jahre im Gefängnis gesessen wegen Kunstfälscherei. Dort hast du Charly Schneider kennengelernt. Er saß ebenfalls im Gefängnis und zwar wegen eines Überfalls. Er hat dir eines Abends von dem Sennerhof erzählt. Es klang gut und so bist du dann später hierher in Urlaub gefahren. Als ihr euch gestern völlig überraschend hier auf dem Hof getroffen habt, ward ihr beide baff erstaunt. Du wusstest gar nicht, dass er schon entlassen worden ist; ihr hattet keinen Kontakt mehr. Er wollte genau wissen, was du hier machst und du hast ihm Auskunft gegeben. Ihr habt dann vereinbart, beide über eure Vergangenheit zu schweigen und den anderen nichts davon zu sagen.

Nach deiner Entlassung vor 4 Jahren hast du den Namen geändert und bist nach Berlin gegangen, um als ehrlicher Künstler zu arbeiten. Im Sommer bist du zum Urlaub auf die Alm gefahren. So hast du Zenzia kennengelernt; sie wurde deine Muse. Du malst jeden Sommer Aktbilder von ihr, und seit einiger Zeit ist sie auch deine Geliebte. Sie hat dir bei deinem spontanen Besuch vor 2 Monaten völlig überraschend 180.000 Euro in bar gegeben. Sie bat dich, mit dem Geld eine Wohnung in Berlin für euch beide zu kaufen. Du das Geld allerdings für andere Dinge ausgegeben, u.a. für einen Aston Martin. Er hat 85.000 Euro gekostet, du konntest einfach

nicht nein dazu sagen.
Und dann hast du alte Schulden bezahlt, denn dein Atelier in Berlin ist richtig teuer. Du fragst dich, woher Zenzia das Geld hatte. Sie wollte es dir nicht sagen. Es roch müffelig. Ganz schön seltsam, diese Geldgeschichte.

Und jetzt hast du hier oben die Sarah Granrath entdeckt. Sie ist so wunderschön und soll deine neue Muse werden, unbedingt. Davon wird Zenzia natürlich nicht begeistert sein. Aber so ist das Leben. Flirte Sarah ruhig ungeniert an und mach ihr Komplimente. Sie soll merken, dass du es ernst meinst. Und außerdem kannst du dir sehr gut auch ein Leben zu dritt in Berlin vorstellen. Du kann die Damen ja einmal darauf ansprechen, eine Kommune oder so etwas zu gründen. Eine Muse mehr kann nur Inspiration für dich sein und alle großen Künstler hatten diverse Musen, soviel ist sicher!

Der Workshop über die Wollschweine war natürlich eher ein Herrenabend mit Weizenbier und Brezel. So was ist nicht dein Ding, aber das Bier war lecker. Danach warst du allerdings wirklich sehr müde. Du trinkst sonst ja niemals Alkohol. Du bist dann nach dem Workshop ins Bett und hast nichts mehr gehört.

Deine Bilder kosten im Schnitt 300 – 500 Euro. Es kann ja sein, dass du danach gefragt wirst.

Nach den Ermittlungen schreibt jeder auf, wen er für den Täter hält und nach dem Dessert klären wir den Fall gemeinsam auf.

Vorstellungstext

Svenja Mayerhofer
- bitte nach Yoko Aljeschi in der Runde vortragen-

I bin die Svenja und leb schon all die Johr hier oben. Im Tal war I scho lang nimmer.
Der Toni, der hat den Hof vor ein paar Johr von mir kauft.

Dös Geld, 180.000 Euro, dös hob I auf'd Bank bracht, für wenn I denn mal alt bin.
Großartig mehr dazu sagen, kann I nix. Nur, dass die Städter besser auf die Zeichen achten sollten.

Man hebt halt kei Messer auf, wenn's auf der Erd liegt. Dös weiß doch jeder. War doch klar, dass dann da einer sterb'n muss.

Geheimtext Svenja Mayerhofer:

Weitere Informationen für dich! Du darfst von all diesem Wissen in der Ermittlungsrunde Gebrauch machen! Wenn du etwas gefragt wirst, solltest du die Wahrheit sagen, denn du bist nicht der Täter und hast nichts zu befürchten.

Du hast die Anna Hahnleiter in der Nacht vom Heustadl kommen sehen. Sie lief direkt an dir vorbei. Alle anderen waren schon im Bett.

Der Yoko Aljeschi und der tote Journalist, die kannten sich. Du hast gehört, wie der Yoko zum Schneider: „Wie, bist du schon draußen?", gesagt hat. **Was hat es damit auf sich?**

Auf der Almweide gibt es eine Blutspur. Ist das Verbrechen dort begangen worden?

Höre genau hin, was die anderen aussagen. Niemand wird dich verdächtigen und so kannst du ganz in Ruhe beobachten und Schlüsse ziehen.

Am Ende der Ermittlungen schreibt jeder auf, wen er für den Täter hält. Nach dem Dessert lösen wir den Fall dann gemeinsam auf.

Vorstellungstext

Neutraler Beobachter
- bitte als letzter in der Runde vortragen-

Ich nehme als neutraler und unabhängiger Beobachter an dieser Ermittlungsrunde teil. Dies ist insofern von Vorteil, als dass ich sehr genau hinhören und aufpassen kann, denn ich bin nicht so befangen wie alle anderen am Tisch.

Der Mörder kann sich also darauf gefasst machen, dass ich die Person bin, vor der er sich am meisten in Acht nehmen muss.

Ich werde sehr genau darauf achten, was die einzelnen Personen aussagen und bin sicher, dass ich dem Täter auf die Spur kommen werde.

Geheimtext Neutraler Beobachter:

Weitere Informationen für dich! Du darfst von all diesem Wissen in der Ermittlungsrunde Gebrauch machen! Wenn du etwas gefragt wirst, solltest du die Wahrheit sagen, denn du bist nicht der Täter und hast nichts zu befürchten.

Auf den ersten Blick kommt es dir vielleicht etwas langweilig vor, keine eigene Rolle zu haben. Das ist aber auf keinen Fall so, denn du hast als einziger am Tisch den Kopf frei und musst dich nicht mit eigenen Motiven und dergleichen beschäftigen.

Einige der Personen, die hier am Tisch sitzen, haben ein kleines oder größeres Geheimnis - und diese Geheimnisse gilt es, herauszufinden. Oft gehen gute Ermittlungsansätze im Gespräch unter, weil neue Vorwürfe laut werden und das vorher gesprochene in Vergessenheit gerät. Höre genau hin und versuche, jeder einzelnen Aussage auf den Grund zu gehen. Mach dir Notizen, wenn du etwas wichtig erachtest.

Sei darauf gefasst, dass du schon alleine wegen deiner Anwesenheit verdächtigt werden kannst. Verteidige dich vehement, denn du hast ja nichts getan. Überlege dir eine gute Ausrede, warum du überhaupt von dem Mord erfahren hast. Warum warst du vor Ort? Wer hat dich informiert? Verbünde dich mit einem der Beschuldigten und verteidige ihn vehement, aber nur mit jemanden, den du selbst als Täter ausschließt!

Bedenke:
Die meisten Morde sind eine Beziehungstat und geschehen aus Eifersucht oder verschmähter Liebe. Aber auch die Gier darf nicht als Motiv unterschätzt werden.
Der springende Punkt heute ist: Wer hatte ein Motiv, diese Tat zu begehen und wer die Gelegenheit?

Nach den Ermittlungen schreibt jeder auf, wen er für den Täter hält, und später lösen wir den Fall gemeinsam auf.

Auflösung:
-bitte nach den Ermittlungen vorlesen-

Was konnte man herausfinden?

Toni und Zenzia sind beides Nordlichter;
Zenzia stammt von Sylt und Toni aus Rendsburg.
Toni hat den Berghof vor 6 Jahren der alten Svenja für 180.000 Euro abgekauft.

Zenzia wollte den Toni verlassen; es ist ihr zu einsam auf dem Hof. Sie hat vor einigen Wochen 180.000 Euro auf der Almwiese gefunden. Sie nimmt an, dass es das Geld ist, welches der Toni der alten Svenja für den Hof gegeben hat. Aber ist es das wirklich?

Zenzia hat das Geld Yoko Aljeschi, ihrem Liebhaber, gegeben. Dieser hat es, sagen wir, zweckentfremdet. Zenzia hat dem Yoko nicht gesagt, woher sie das Geld hat.

Anna Hahnleiter und Charly Schneider hatten ebenfalls ein Verhältnis.

Vanessa Pichler und Sarah Granrath haben kein erkennbares Motiv. Außerdem scheiden alle Frauen ohnehin aus, denn wir wissen:

Charly Schneider ist auf der Almweide zu Tode gekommen und dann in den Strandkorb verbracht worden.

Wir wissen aus der Eingangsgeschichte, dass Charly Schneider ein großer und stattlicher Mann war und dass die Almweide gute 1000 m entfernt vom Hof ist. Eine Frau hätte den Charly sicher nicht den Berg hinuntertragen und in den Strandkorb verbringen können.

Wer von den Männern hätte ein Motiv?

Dr. Pichler kam mit seiner Frau hier herauf, weil er von Charly erpresst wurde. Dieser behauptete, er habe bei seine Doktorarbeit gefuscht. Dr. Pichler nahm das geforderte Geld, 10.000 Euro mit auf die Alm.
Er erfuhr aber am Telefon von der beauftragten Detektei, dass Charly sein Geld mit Erpressungen dieser Art verdiente und dass Charly selbst für 6 Jahre wegen Überfalls auf einen Geldtransporter im Knast saß. Dr. Pichler konfrontierte den Journalisten damit und somit hatte sich die Erpressung erledigt.
Dr. Pichler hatte kein Motiv mehr und scheidet auch deshalb schon aus, weil er sich den Fuß verletzt hat.
Wie hätte er den schwerstverletzten Charly die 1000 m von der Weide heruntertragen sollen?

Yoko Aljeschi, alias Ullrich Hase, kannte Charly aus dem Gefängnis, denn auch Yoko hat wegen Kunstfälscherei ein paar Jahre gesessen. Die beiden haben aber nie über das Geld gesprochen.
Yoko hat somit kein Motiv, den Charly umzubringen.

Dr. Florian Hahnleiter hatte ebenfalls kein Motiv; er

wusste nichts vom Verhältnis seiner Frau mit Charly Schneider und wurde nie auf seines Doktortitels von Charly angesprochen.

Kommen wir zu Toni.
Er stammt, das wissen wir, genau wie Charly aus Rendsburg. Er hat seinerzeit für 180.000 Euro den Hof gekauft. Weitere 180.000 Euro waren auf der Weide vergraben. Dies war nicht das Geld von Svenja; diese hat, auch das wissen wir ja inzwischen, das Geld vom Toni auf die Bank gebracht.

Was liegt also nahe?
Charly und Toni haben damals gemeinsam den Geldtransporter überfallen. Charly wurde erwischt und saß dafür viele Jahre ein. Er hat den Toni nicht verraten. Toni kaufte mit seinem Anteil den Hof und vergrub Charlys Hälfte, genau 180.000 Euro, auf der Almweide. Er hatte es übrigens, um es von der Insel Sylt zu bringen, im Strandkorb eingenäht und erst später auf der Almweide vergraben.
Dieses Geld buddelte Zenzia vor Kurzem aus. Da sie den Toni verlassen wollte, hat sie über den Fund geschwiegen. Sie hat angenommen, dass es Svenjas Geld ist und dass diese es nicht mehr brauchen würde, bei dem Alter.

Wir wissen weiter, dass alle Gäste, außer Zenzia und Toni, in der Tatnacht todmüde waren.
Nur Zenzia und Toni waren in aller Frühe, vor dem Leichenfund, schon wieder im Stall, dies haben wir auch in der Eingangsgeschichte erfahren.

Alle anderen sagen aus, sie wären todmüde gewesen und hätten tief und feste geschlafen. Sie schieben es auf die viele frische Luft und den Essensentzug. Manche hatten auch Kopfweh und konnten sich dies kaum erklären.

Alle Männer waren auf Weizenbier beim Workshop eingeladen, für die Frauen gab es Erdbeerbowle, die auch alle, außer Zenzia, getrunken haben. Zenzia ist die einzige Frau, die in der Nacht noch einmal aufgewacht ist, weil sie ein Geräusch gehört hat. Zenzia vermisst im Übrigen ihre letzten 10 Schlaftabletten.

Wir wissen weiter, dass oben auf der Wiese Löcher gegraben wurden; Dr. Pichler ist in eines hinein getreten.

Wenn wir all dies berücksichtigen, kann man zu folgendem Schluss kommen:

Toni und Charly haben vor 6 Jahren gemeinsam den Geldtransporter überfallen. Nun wollte Charly sein Geld holen. Toni suchte es schon in den letzten Tagen auf der Almweide, aber es war verschwunden. In der Tatnacht wollten Toni und Charly noch einmal ungestört nach dem Geld suchen; deshalb hat Toni Bier und Bowle mit Zenzias Schlaftabletten versetzt.
Er wollte sicherstellen, dass niemand beim Graben und Suchen stört. Dass Zenzia keine Bowle getrunken hat, war reiner Zufall.
Nachdem die beiden Männer das Geld in der Nacht auch nicht fanden, hat Charly dem Toni unterstellt, er

wolle ihn um seinen Anteil betrügen. Die beiden stritten und prügelten sich. Charly stürzte sehr unglücklich auf den Kopf und war gleich bewusstlos. Um ihn zu versorgen, trug Toni ihn runter zum Haus. Als er ihn ablegte, stellte er fest, dass Charly tot war.

Im gleichen Moment kam Zenzia heraus, sie hatte ein Geräusch gehört. Toni nahm den toten Charly und versteckte ihn im Strandkorb. Dort musste er ihn sitzen lassen, er konnte nicht riskieren, ihn woanders hinzubringen. Er klappte die Abdeckung herunter und ging schlafen. Toni konnte diese Prügelei mit Todesfolge nicht zugeben, denn wie hätte er erklären sollen, was sie auf der Wiese in der Nacht getan haben?
Er hätte den Raubüberfall zugeben müssen ... und wäre dafür ins Gefängnis gegangen. Das wollte er unbedingt verhindert.

Toni Burger ist also heute unser Täter.

Schlusswort

Liebe Gäste,

bevor ich unsere Ermittlungen beende, erzähle ich Ihnen noch schnell, wie es weiterging mit unseren Akteuren:

Unser Täter, der Toni Burger, wurde mehrheitlich von Ihnen verdächtigt. Er konnte sich allerdings der Festnahme entziehen und auf die Insel Sylt absetzen. Dort hat er bei einem berühmten Fischhändler angeheuert und singt allabendlich im vollbesetzten Restaurant alte Seemannslieder.
Wenn Sie einmal dort sind und ihn erkennen, verpfeifen Sie ihn bitte nicht; eigentlich ist der Toni ja ein ganz anständiger Kerl und ich nehme an, seine Prognose ist günstig.

Zenzia hat den Sennerhof inzwischen verlassen und ist nach Berlin gereist; sie sucht dort den in der Kunstszene untergetauchten Yoko Aljeschi! Ob sie ihm nur ordentlich die Meinung sagen will oder doch noch auf eine gemeinsame Zukunft hofft, wissen wir nicht!

Dr. Pichler und Vanessa haben den Sennerhof gekauft; Vanessa kann sich dort weiter an den vielen Heilpflanzen erfreuen und Dr. Pichler wird besonders gute Bankkunden künftig mit einem Erlebniswochenende auf der Alm beglücken.

Sarah Granrath hat ihre Reiseagentur für ein Jahr geschlossen und ist nach Tibet gereist. Sie wollte dort die Meditation in einem Kloster perfektionieren, hat aber während der Reise einen tibetischen Gemüsegroßhändler kennen- und lieben gelernt und so ihr privates, großes Glück gefunden. Wir wünschen Sarah alles Gute.

Dr. Hahnleiter und Anna haben beschlossen, es noch einmal miteinander zu versuchen; sie sind zurzeit in den zweiten Flitterwochen in der Toskana unterwegs und hoffen, diesmal über keine Leiche zu stolpern.

Svenja, die Altbäuerin, hat den Almhof ebenfalls verlassen. Sie hat sich mit ihren 180.000 Euro in einem Seniorenstift in München eingekauft und hält gut besuchte Kurse über Aberglauben in der Volkshochschule.

Sie sehen, liebe Gäste, alles ist gut!!!

ENDE

Autorenportrait

Cornelia H.-Müller ist seit 2006 als Autorin tätig.

Ihr Genre sind Mitspielkrimis,
Kinderspielgeschichten
und Theaterstücke.

Autorenkontakt über
glashauskrimi@glashauskrimi.de

Besuchen Sie Cornelia H.-Müller auf ihrer Homepage:

www.glashauskrimi.de

Weitere Bücher von Cornelia H.-Müller, erschienen im Edition Paashaas Verlag:

Krimiparty:
5 neue Fälle für Ihre Ermittlungen zu Hause
Edition Paashaas Verlag
1. Ausgabe, Mai 2011,
Paperback, 188 Seiten
ISBN: 978-3-9813928-8-3,
13,95 €

Entdecken Sie Ihren kriminalistischen Spürsinn!
Mithilfe dieses Buches können Sie zu Hause gemeinsam mit Ihren Familienmitgliedern und Gästen auf Tätersuche gehen. Sie ermitteln und befragen, Sie bewerten Tatsachen und Aussagen und Sie finden schließlich heraus, wer der Täter oder die Täterin ist.

Diese Krimis finden Sie in dem Buch:

Irrtum oder Absicht? - Für 5-7 Spieler
Mord in bester Gesellschaft - Für 6 Spieler
Muttertag - Für 8-10 Spieler
Mann über Bord - Für 7-10 Spieler
Feine Verhältnisse! - Für 7-10 Spieler

Krimiparty Sonderausgabe 1:
Plötzlich und erwartet

Ein Fall mit Kommissarin Henriette Kragenberg

Cornelia H.-Müller
1. Ausgabe, September 2012
Paperback, 72 Seiten,
ISBN: 978-3-942614-25-2, Preis: 7,95 €

Cornelia H.-Müller präsentiert einen weiteren Fall aus der beliebten Mitspiel-Krimi-Reihe Krimiparty:

Karl-Friedrich von Staffelberg, ein wohlhabender Gewürzfabrikant, lädt seine Familie und einige Freunde zu einem feierlichen Weihnachtsessen ein. Zum ersten Mal ist in diesem Jahr auch Karl-Friedrichs frischangetraute dritte Ehefrau, die junge und schöne Jaqueline, dabei.
Dies wäre kaum erwähnenswert, stünden nicht auch die beiden Ex-Ehefrauen des Fabrikanten, Irene und Monika, auf der Gästeliste. Zu alledem sieht sich der Gastgeber am Weihnachtsabend mit wirklich ärgerlichen Indiskretionen konfrontiert! Dennoch endet das Fest ganz harmonisch, doch am nächsten Morgen gibt es einen Toten in der Villa zu beklagen...

Helfen Sie mit, diesen mysteriösen Todesfall aufzuklären!

Mitspieler: 7 bis 10 Personen,
Altersempfehlung: 12 bis 99 Jahre

Zu bestellen unter: www.verlag-epv.de
oder auch überall im Buchhandel.

FSC
www.fsc.org

MIX

Papier aus ver-
antwortungsvollen
Quellen
Paper from
responsible sources

FSC® C105338